AF309915

L'APPARTEMENT GARNI,

OU

LES DEUX LOCATAIRES,

COMÉDIE-VAUDEVILLE EN UN ACTE,

Par MM. GERSIN ET CARMOUCHE;

REPRÉSENTÉE POUR LA PREMIÈRE FOIS, SUR LE THÉATRE DU VAUDEVILLE, A PARIS, LE 20 FÉVRIER 1826.

PRIX : 1 fr. 50 c.

PARIS,

CHEZ J. N. BARBA, ÉDITEUR-PROPRIÉTAIRE

DES ŒUVRES DE MM. PIGAULT-LEBRUN, PICARD ET ALEX. DUVAL,

COUR DES FONTAINES, N° 7;

ET AU MAGASIN DES PIÈCES DE THÉATRES,

DERRIÈRE LE THÉATRE FRANÇAIS, N° 51.

1826.

PERSONNAGES.	ACTEURS.

ALFRED DE MURVILLE, jeune élé-
gant........................ M. Lafont.
EMMA , sa femme ; (mise de voyage ,
mais soignée)................. Mlle Pauline Geoffroy.
DUPRÉ, maître d'hôtel garni ; (homme
de 5o ans)................... M. Lepeintre.
BERNARD, vieil intendant........ M. Lejeune.
Deux Domestiques de l'hôtel.

La scène se passe à Paris, à l'hôtel de Strasbourg.

IMPRIMERIE DE DAVID, BOULEVART POISSONNIÈRE, N° 6.

L'APPARTEMENT GARNI,

COMÉDIE-VAUDEVILLE EN UN ACTE.

Le Théâtre représente un salon élégant, une table, un secrétaire, des fauteuils, porte de fond; à droite un cabinet saillant, qui occupe depuis le premier plan jusqu'au fond, avec une croisée en face des spectateurs, qui laisse apercevoir l'intérieur; porte de côté.

SCÈNE PREMIÈRE.

ALFRED *seul.*

(Au lever du rideau, il est en redingote du matin, endormi dans un fauteuil, et continue rêver.)

Oui... toutes... trompeuses... coquettes, inconstantes... vingt francs à l'écarté?.. voilà, monsieur...

Air *de la Robe et les Bottes.*

Je vois toujours, oui, je vois la perfide...
— Marquez le roi.—Qu'elle avait de beaux yeux !
Je fus trompé par son regard timide...
— Pas un atout! nous voilà quatre à deux !
— Je la croyais et fidèle et soumise....
— Dame de cœur.... c'est mon dernier appui !
 J'en étais sûr ! la voilà prise...
 Encore une qui m'a trahi.

SCÈNE II.

ALFRED *endormi,* DUPRÉ.

(Dupré entre, et s'arrête pour écouter Alfred.)

ALFRED.

Oui, je veux les fuir toutes... allons, Germain, les chevaux sont-ils prêts? partons... (*il se retourne et se rendort.*)

4

DUPRÉ, *le regardant.*

C'est cela ! partons !... pauvre jeune homme !... il faut
qu'il ait éprouvé quelque grand chagrin... Depuis trois
jours qu'il loge dans mon hôtel... il ne cesse de répéter :
« la perfide ! l'ingrate ! partons ! partons ! » heureusement
pour moi qu'il n'en fait rien... car il dépense beaucoup,
mange peu et paie bien.

ALFRED, *s'éveillant et toujours assis.*

Hein ?... ah ! ah ! c'est toi, Dupré !

DUPRÉ.

Oui, monsieur.

ALFRED.

Quelle heure est-il ?

DUPRÉ.

Le soleil va bientôt se coucher, vous pouvez vous lever sans inconvénient.

ALFRED, *étendant les bras.*

C'est vrai... je suis rentré de si bonne heure... neuf heures du matin, tout au plus... ce diable d'écarté m'a encore
mis à sec...

DUPRÉ.

Encore ! mais comment vous, monsieur Alfred de Murville, un jeune homme d'une si belle espérance, donner
dans la passion du jeu...

Air *du Vaudeville de Fanchon.*

Consumer sa jeunesse,
La nuit, perdre sans cesse
Argent, santé
A l'écarté !
Si le jeu vous excite,
Monsieur, à la Bourse allez donc !
Cela va bien plus vite,
Et c'est de meilleur ton.

ALFRED.

Parce que je ne bouge pas de l'écarté, tu t'imagines peut-
être que je l'aime ? du tout, mon cher, je le déteste, je

joue comme ça par distraction ; pour avoir une contenance, et surtout pour me dispenser d'adresser la parole aux femmes... parce que les femmes, vois-tu... est-ce que je ne t'ai pas conté ce chapitre de mes douleurs ?..

DUPRÉ.

Je ne me serais pas permis... ce sont des peines secrètes...

ALFRED.

Que je dis à tout le monde... Ah !.. ça ne peut que me faire honneur... donne-moi mon habit... (*il quitte sa redingotte du matin, la donne à Dupré, qui la pose sur un fauteuil;* parce qu'il n'y a pas de mari qui se serait conduit à ma place avec autant de sagesse !

DUPRÉ, *surpris et l'aidant à s'habiller.*

Vous êtes marié, Monsieur ?..

ALFRED.

A peu près.

DUPRÉ.

Comment, à peu près ?

ALFRED.

Oui, c'est si original !.. figure-toi qu'il n'y a eu dans mon mariage que le contrat de signé... de manière que je ne suis tout au plus qu'un mari surnuméraire !

DUPRÉ.

Quoi, vous vous êtes séparés ?

ALFRED.

Avant la célébration... j'eus la certitude que l'on me trompait.

DUPRÉ.

Le jour même des noces !

ALFRED.

Je croyais avoir un peu plus de temps devant moi, mais avec les femmes !.. Si tu l'avais vue, la plus jolie petite veuve... Une physionomie céleste... un monstre dont j'étais fou; je croyais à son amour; notre mariage allait se célébrer, lorsqu'il nous arrive un maudit cousin.

DUPRÉ.

Les cousins! ah! Monsieur! ne m'en parlez pas!

ALFRED, *passant une manche de son habit.*

N'es-ce pas? c'est le fléau des maris?...

DUPRÉ, *soupirant.*

Je sais ce que c'est... ma défunte en avait un issu de germains!...

ALFRED, *lui serrant la main.*

Mon pauvre ami!.. je t'entends, tu peux t'épargner le reste... Enfin, mon cher, je remarquai entre ma femme et lui des signes d'intelligence... on ne me voyait plus qu'avec un air contraint; en un mot, je jouissais déjà des prérogatives d'époux dans toute leur plénitude... Mais ce qui me porta le dernier coup... c'est que le matin même du jour fixé pour mon bonheur... comme on venait de signer le contrat... je vois le cousin s'échapper du salon... ma femme était sortie du côté opposé quelques minutes avant... il était clair que c'était pour se rencontrer, un rendez-vous d'adieux!.. je m'élance sur les traces du jeune homme; au moment où je le perds de vue, dans les allées du parc, j'aperçois un petit porte-feuille qui était tombé de sa poche... Je l'ouvre, il renfermait le portrait de la perfide...

DUPRÉ.

Son portrait!..

ALFRED, *montrant le secrétaire.*

Il est là... oh! je l'ai toujours gardé pour nourrir mon ressentiment et l'accabler de temps en temps des noms les plus odieux; çà me met en colère, ça me rafraîchit le sang!.. un portrait qu'elle n'aurait dû accorder qu'à moi seul! tu penses bien que je ne me donnai que le temps de faire seller un cheval, d'écrire un mot à la parjure, et je m'éloignai pour jamais!.. Mon chapeau...

DUPRÉ, *le lui donnant.*

Sans demander d'explication?

ALFRED.

Le silence et le mépris, c'est plus fier.... seulement
si j'avais rencontré le cousin, nous nous serionsbrûlé
la cervelle, c'était dans l'ordre; mais imposible de le
joindre: j'avais d'abord l'intention d'aller verser mes peines dans le sein d'un bon oncle que j'ai aux environs de
Grenoble; mais ce pauvre vieillard, la vue de mon désespoir l'aurait tué, j'ai mieux aimé garder mon chagrin pour
moi seul; et venir m'amuser à Paris!.. Ah! çà, Dupré,
je m'en vais dîner au café Anglais avec deux ou trois amis...
de là... à la pièce nouvelle, de là... Tu m'attendras, demain matin...

DUPRÉ

Comme à l'ordinaire...

ALFRED.

Oui, oui, tu sais que je ne me dérange jamais... ah! à
propos, tu m'as dit que tu ferais escompter ces billets que
je t'ai remis.

DUPRÉ.

Oui... j'ai un ami demi-maron qui fait la rente et le
papier comme un petit ange.

ALFRED.

Eh bien! qu'il me procure cela le plutôt possible.

DUPRÉ.

AIR : *Cet arbre apporté de Provence.*

Soit... je veux bien arranger l'affaire;
Mais du jeu n'ayez plus la fureur,
Car une seule carte contraire
Suffit pour maigrir un joueur....
De nous pour que le chagrin s'écarte,
Pour nourrir l'embonpoint, la fraîcheur,
Monsieur, parlez-moi d'une carte
Comme celle du restaurateur.

ALFRED.

Oui, tu aimerais mieux que je dépensasse tout chez
toi... hein! tu aimes l'argent.

DUPRÉ.

Ah ! monsieur ! je n'y songe jamais, à l'argent. (*Tirant un papier.*) Voici la petite note du dîner d'hier.

ALFRED, *la prenant et s'essuyant les yeux.*

C'est bien... demain... dans ce moment-ci mes larmes m'empêcheraient de voir le total; j'ai beau faire... je crains de l'aimer encore... ah ! quelle existence... adieu, Dupré ! (*Il sort en fredonnant.*) Pourquoi pleurer, pourquoi pleurer ?

SCÈNE III.

DUPRÉ *seul, le regardant s'en aller.*

Certainement... il l'aime encore... je m'y connais !.. il y a un désordre dans ses idées et dans sa conduite !.. en voilà pour jusqu'à demain entre neuf et dix... c'est dommage pourtant ! un si joli appartement ! au surplus, il le paie comme s'il l'occupait nuit et jour ; ainsi je ne peux pas me plaindre !

AIR: *Au petit point du jour* (Sans Tambour.)

Un hôtel garni
Est vraiment une bonne affaire ;
Le mien, dieu merci,
N'a pas encore désempli.

Toujours je reçois,
Locataire sur locataire ;
J'en mettrais, je crois,
Et dans la cave et sur les toits.
J'accueille gaîment,
En maître d'hôtel philanthrope,
Toujours poliment,
Prussien, Chinois, Russe, Allemand ;
Et dans ma maison
De tous les peuples de l'Europe,
En toute saison,
On peut voir un échantillon.

J'entends à la fois
Vingt ou trente voix
Étrangères :
Goddem au premier ,
Tarteiffle ou *sandis* au grenier.
Le tapage est tel
Qu'on peut , de toutes les manières ,
Prendre mon hôtel
Pour une autre tour de Babel.
Maint département
M'envoie un membre
De la Chambre ,
La Chambre , vraiment ,
Me prend plus d'un département ;
Souvent maint tendron
Vient chez moi , tout parfumé d'ambre ,
Louer , sans façon ,
Un appartement de garçon.
L'Anglais , c'est mon fort...
Je loge , suivant leur manie ,
Les chevaux d'abord ,
Puis après je songe à Milord.
Mes salamalecks
De chacun flattent la folie ;
Grâce à mes bifftecks
J'unis et les Turcs et les Grecs.
Quelquefois dupé ,
Par un magnifique équipage ,
Plus d'un m'a trompé
Et sans payer a décampé ;
A ceux qui restaient
Je faisais payer davantage ;
Alors ils pestaient ,
Mais je riais ,
Et je chantais :
Un hôtel garni, etc.

(*On entend le bruit d'une voiture.*)

Hein ? qu'est-ce que j'entends-là ? une voiture... ma foi,

tant pis pour les pauvres voyageurs ; car, grâce au ciel et aux diligences , je n'ai plus aucune place... Que vois-je , une jeune dame ?

SCÈNE IV.

DUPRÉ , EMMA , BERNARD , un Domestique de l'Hôtel *avec deux lumières et des cartons.*

EMMA, *à Bernard.*

Mon cher Bernard... dites que l'on ne dérange rien dans la berline ; je ne veux que me reposer quelques instans.

BERNARD.

Oui, madame. A quelle heure les chevaux ?

EMMA.

A cinq heures du matin.

BERNARD.

Il suffit.

DUPRÉ, *à part.*

Tournure distinguée !

EMMA, *à Dupré.*

Monsieur est le maître de l'hôtel ?

DUPRÉ.

Lui-même madame.

EMMA.

Faites-moi donner tout de suite un logement, je vous prie...

DUPRÉ.

Désolé , madame... mais pour l'instant je n'ai rien de libre.

EMMA.

Comment ?

DUPRÉ.

Pas la plus petite pièce.

EMMA.

Ah ! monsieur , je vous en conjure !.. les chevaux sont dételés... étrangère à Paris... je ne puis à l'heure qu'il est et dans la situation d'esprit où je me trouve... d'ailleurs ce n'est que pour quelques heures... je repars au point du jour.

DUPRÉ.

Mais, madame....

EMMA.

Allons, mon cher hôte... vous ne voudriez pas m'exposer à courir toute la ville à pied, à une heure aussi avancée; cherchez bien... une nuit est sitôt passée!

DUPRÉ, *cherchant.*

Il est sûr qu'une nuit... (*à part.*) Au fait, une berline... je suis bien persuadé qu'elle ne marchanderait pas. (*haut.*) Attendez donc, madame est seule?

EMMA.

Je n'ai avec moi que ce bon Bernard, l'homme de confiance de ma tante que je vous recommande.

DUPRÉ.

Oh! lui, c'est plus facile; un bon souper et une mansarde magnifique (*au domestique.*) Allez... nº 19. (*Le domestique sort.*) Pour vous, Madame, vous repartez de grand matin...

EMMA.

A cinq heures... et si vous me procurez un appartement, croyez que ma reconnaissance... (*elle lui donne une pièce d'or.*)

DUPRÉ, *à part.*

Une pièce d'or pour commencer, je n'y tiens plus... qu'est-ce que je risque?.. M. Alfred ne rentrera, suivant son habitude, que demain à neuf ou dix heures.

EMMA.

Eh bien! vous vous consultez?.. me donnerez-vous l'hospitalité?

DUPRÉ.

Je crois que oui, madame, et ici même... voyez, cet appartement est le mien... vous convient-il?

EMMA.

Infiniment... mais vous chasser de chez vous!

DUPRÉ.

Ça ne m'empêchera pas de dormir; parce que, quand
on fait une bonne action... (*montrant la porte à droite.*)
Voici la chambre à coucher que je vais préparer; je me
ferai un honneur de servir moi-même madame. (*à part.*)
Comme cela, M. Alfred ne se doutera jamais de ma petite
spéculation.

EMMA, *fermant le secrétaire et laissant la clef sur le
marbre.*

Il suffit, je prends possession.

(*Elle pose son schall, ouvre le secrétaire, y dépose des
rouleaux de pièces d'or dans un tiroir.*)

DUPRÉ, *à part.*

Mais quelle peut être cette voyageuse? seule... fort jolie...
diable, j'ai été un peu vite... (*il regarde*) Oh! oh! des
rouleaux d'or!

EMMA, *fermant le secrétaire et laissant la clé sur le
marbre.*

Mais qu'a donc mon cher hôte? comme il m'examine!..

AIR : *Adieu, je vous fuis.*

Bon dieu! quels regards singuliers!
S'il faut qu'ici je vous rassure,
Je vais vous montrer mes papiers...

DUPRÉ.

C'est inutile, je vous jure.

(*Emma ouvre son agenda; un billet de banque en
tombe.*)

DUPRÉ, *à part ramassant le billet.*

Oh! un billet de banque! (*Il le donne à Emma.*)

EMMA.

Mais l'usage exige cela.

DUPRÉ, *saluant.*

Des manières comme les vôtres....

(*à part*)

Puis, quand je vois ces papiers-là
Je n'en demande jamais d'autres.

Avec moi d'abord, une physionomie honnête (*à part*) et

des billets de banque (*haut*), voilà tout ce qu'il me faut pour ma tranquillité. Je cours préparer la chambre de madame. (*Il allume une bougie qu'il laisse sur la table et entre avec l'autre, dans la chambre à coucher.*)

SCÈNE V.

EMMA, *seule; elle pose son chapeau sur un fauteuil.*

Ah ! ce n'est pas sans peine, ce pauvre homme ! se déranger pour moi... m'offrir son propre appartement, avec tant de grâce et de désintéressement... sans lui j'aurais été fort embarrassée... Voyez pourtant à quoi nous exposent les maris..! quitter ma pauvre tante, voyager seule, sous la garde d'un vieil écuyer... pour courir sur les traces d'un ingrat... ou plutôt je serais bien fâchée de le rencontrer, après sa conduite affreuse !.. feindre de m'aimer, m'inspirer pour lui un amour si vrai, et s'éloigner... m'abandonner... me déclarer dans ce billet cruel « qu'il ne m'aime pas, qu'il » ne m'a jamais aimée, que je ne le reverrai plus ! » Il savait bien lui que je ne pourrais pas l'oublier... (*s'essuyant les yeux*) Oh! il faudra pourtant tâcher d'en venir à bout; car je ne peux pas rester dans cette position-là.

Air : *Vaudeville des Amazones.*

Suis-je encor veuve ou suis-je mariée?
Je n'en sais rien, c'est un cruel état!
Que servirait de n'être point liée !
L'amour est tout, ce n'est rien qu'un contrat !
Moi qui toujours à l'amour fus rebelle,
Par un serment j'engage enfin mon cœur...
Je ne veux plus jurer d'être fidèle,
Je crois vraiment que ça porte malheur.

(*Avec dépit.*)

Ah! tous les hommes maintenant me sont odieux !.. mon cousin lui-même, que je regardais comme un frère, à qui je confiais tout, comme il m'a trompée !.. comme il a profité de mon désespoir... du départ d'Alfred pour m'avouer des espérances que je n'avais jamais soupçonnées, pour m'offrir sa main, à moi, ah! je l'ai traité!.. mais je tremble toujours qu'il ne soit à ma poursuite, il m'en menacée... une fois à Grenoble; heureusement je ne craindrai plus rien! oui, c'est là... près de l'oncle de mon mari que je veux chercher un asile...

Air d'Aristippe.

> De ce parent, je veux sans cesse
> Suivre les goûts, deviner chaque vœu;
> J'espère bien en charmant sa vieillesse
> Me consoler de l'oubli du neveu.
> Belles, tâchez de m'imiter un peu!
> Votre vengeance aurait plus de noblesse
> Si vous vouliez quelquefois, par hasard,
> Pour vous venger de la jeunesse,
> Faire le bonheur d'un vieillard.

SCÈNE VI.

EMMA, DUPRÉ.

DUPRÉ, *à la porte de la chambre.*

Voilà qui est prêt; si madame veut jeter un coup-d'œil.

EMMA, *se levant et reprenant son chapeau et son schall.*

C'est bien, c'est bien, je passerai la nuit sur un fauteuil, près du feu...

DUPRÉ, *la suivant.*

Vous trouverez au surplus tout ce qu'il faut pour écrire dans le bonheur du jour... de ce côté... (*Il la suit et ferme la porte; dans le même moment Alfred entre.*)

SCÈNE VII.

ALFRED, *seul.*

Parbleu! le trait est piquant... certainement je déteste le jeu... mais au milieu du dîner... recevoir, par Saint-Clair, une invitation... chez cette jolie comtesse russe, qui s'est fait naturaliser à la nouvelle Athènes, et qui donne des soirées délicieuses..: et au moment de m'y rendre... m'apercevoir de l'absence totale de mes fonds... il a fallu trouver un prétexte... m'esquiver, et rentrer chez moi comme un sot!..

(*Il va se chauffer les pieds à la cheminée.*)

SCÈNE VIII.

ALFRED, *tournant le dos à la porte de la chambre ;* DUPRÉ, *sortant de la chambre et fermant la porte.*

DUPRÉ, *à demi-voix.*

Là... je suis sûr au moins que personne ne l'apercevra... (*il aperçoit Alfred.*) Ah mou Dieu! qu'est-ce que je vois là !..

ALFRED, *se retournant.*

Eh bien! Dupré!.. qu'as-tu donc ?

DUPRÉ, *troublé.*

Rien, rien... monsieur, j'étais occupé à mettre tout en ordre, et j'ai été si étonné de vous voir... vous avez donc oublié quelque chose?

ALFRED, *tâtant ses poches.*

Non... mais c'est une idée que j'ai eue... je veux passer la nuit chez moi pour changer.

DUPRÉ, *à part.*

Juste ciel! me voilà bien !

ALFRED.

Va préparer ma chambre.

DUPRÉ.

Quoi ! monsieur, vous voulez...

ALFRED.

Oui, mon digne ami.... tes sages conseils ont fructifié dans mon cœur... J'ai là une invitation... j'étais attendu dans une soirée charmante... mais je n'ai plus d'argent.... J'ai de l'humeur... je vais penser à ma femme, ou dormir si je peux.

Air : *Dans ce castel, dame de haut lignage.*

Oui, le sommeil toujours nous favorise :
Le malheureux, par l'espoir agité,
A son chevet voit la fortune assise,
Et le mari voit la fidélité!....
Un songe heureux, de son aîle légère,
Vient ramener l'objet de tous nos vœux;
Et c'est alors qu'une erreur mensongère
Nous fait souvent croire que l'on est deux.

DUPRÉ, *à part.*

Il n'aurait pas grand'peine à le croire aujourd'hui !

ALFRED.

Je regrette pourtant cette soirée... On m'a assuré que le cousin dont je t'ai parlé était à Paris, et qu'il allait dans cette maison... Si j'avais pu le rencontrer... c'était une excellente occasion de renouer la partie que j'ai manquée...

DUPRÉ, *vivement.*

Oui, monsieur, je vous conseille d'y aller tout de suite.. l'honneur... et puis votre revanche à prendre à l'écarté...

ALFRED.

Comment ? toi qui me blâmais tout-à-l'heure, tu m'engages ?...

DUPRÉ.

Certainement, monsieur; toutes les fois que ce n'est pas une passion, un jeu décent et modéré, cela dissipe... et puis si vous restez ici seul... vous allez penser à vos chagrins, à votre femme ; et de deux maux il faut choisir le...

ALFRED.

Je le sens bien... Mais comment se présenter dans une société honnête, où l'on ne se réunit que pour jouer, sans avoir.... Si tu t'étais occupé de me faire escompter ces billets... mais tu n'y as pas pensé...

DUPRÉ, *à part.*

Oh ! la bonne idée. (*haut*) Si fait, si fait... j'en ai déjà parlé...

ALFRED.

Vraiment!...

DUPRÉ.

Et je vais chercher la réponse sur-le-champ... Si je vous procure de l'argent, vous irez à cette soirée, n'est-ce pas?..

ALFRED.

Sans doute.

DUPRÉ.

Tout de suite? parce que je tiens à ce que vous vous amusiez...

ALFRED.

Va vite...

DUPRÉ, *inquiet et revenant.*

Si vous vouliez venir avec moi, ça serait mieux... et puis je n'aime pas à vous laisser seul à vos idées noires...

ALFRED.

Ce bon Dupré!.... je ne croyais pas t'avoir inspiré tant d'attachement... mais j'aime mieux rester... j'ai à écrire...

DUPRÉ.

Vous écrirez ici... n'est-ce pas?... ne faites pas de bruit, parce que nous avons des malades. (*à part*) Tâchons de lui trouver de l'argent; je n'ai que ce moyen de le renvoyer... Dieux! s'il persistait à vouloir se coucher, je serais joli garçon. (*Il sort après avoir jeté un coup-d'œil inquiet sur la porte de la chambre.*)

SCÈNE IX.

ALFRED, *s'approchant du secrétaire, et s'asseyant pour écrire; ensuite Emma, que l'on aperçoit par la fenêtre en face du public, assise et prête à écrire.*

ALFRED.

Je ne compte pas trop sur son argent à cette heure-ci, on ne peut rien négocier, à moins d'aller à Tortoni: N'importe : si je trouve le cousin Edouard de Sainval, cette lettre, que je lui avais écrite dans l'espoir de la lui faire parvenir, deviendrait inutile. (*Il la tire de sa poche, et la jette négligemment dans le secrétaire, avec le souvenir où est le portrait d'Emma*). Mais d'un autre côté, cette rencontre.... on ne sait pas ce qui peut arriver.... Il faut faire mes adieux à ma femme ; c'est une bonne idée : elle croit peut-être que je n'ai cédé qu'à un caprice, et je dois la désabuser. (*Il prend la plume*).

SCÈNE X.

ALFRED, EMMA, *paraissant à la fenêtre de la chambre à coucher, qu'elle ouvre.*

 EMMA.

Oui, son oncle lui fera tenir cet écrit, et il verra que, malgré son injustice, je n'ai jamais cessé de penser à lui.

ALFRED.

Air : *Du partage de la richesse.*

Dans mon dépit, j'écrirais un volume
Pour l'accabler de traits mordans.

EMMA.

Ah ! que l'amour n'égare point ma plume,
Cachons-lui bien mes sentimens.
Sur ses traces lorsque je vole,
Je puis bien faire enrager mon mari.
D'être éloigné cela console,
Il semble qu'on soit près de lui.

ALFRED, *à lui-même.*

Je ne sais trop par où commencer... quand on est à moitié marié...

EMMA, *de même.*

C'est singulier... il serait là... près de moi... la main ne me tremblerait pas davantage.

ALFRED.

C'est unique... le cœur me bat... comme si j'allais la revoir. Allons, un peu de fierté...

EMMA.

Point de faiblesse.

ALFRED, *écrivant.*

« Madame !

EMMA, *écrivant.*

» Monsieur !

ALFRED, *de même.*

» J'éprouve un peu de calme depuis que je suis loin de
» vous...(*à lui-même*) Ce n'est pas mal cela; ça la piquera...

EMMA, *de même.*

» Je suis enfin à cent lieues du plus injuste des hommes...
(*à elle-même*) Ah ! c'est bien dur... cela va peut-être le
fâcher... c'est égal... je ne lui rendrai jamais tous les tour-
mens qu'il m'a causés...

ALFRED, *écrivant,*

» Ne vous réjouissez pas cependant d'avoir trahi un amour
» comme le mien.

EMMA, *de même.*

» Ne croyez pas que je me désole éternellement de votre
» abandon...

ALFRED, *de même.*

» J'ai découvert mon rival.

EMMA, *de même.*

» J'ai interrogé mon cœur.

ALFRED, *de même.*

» Et je cours à la vengeance.

EMMA, *de même.*

» Et je suis plus tranquille.

ALFRED, *de même.*

» Dieu merci... je vous ai oubliée.

EMMA, *de même.*

» Grâces au ciel! je vous hais...» (*à elle-même*) je vous
hais... Ah ! mon dieu, comme ce mot-là est mal écrit ; il
verra que je ne le pense pas... et puis ce n'est pas cela...
du dépit, de la colère... il faut recommencer...(*Elle
déchire la lettre*).

ALFRED.

Cela n'a pas le sens commun... à force de lui répéter
que je ne l'aime plus, je lui persuaderais que je l'adore encore... Diable! il ne faut pas lui donner ce triomphe-là...
Recommençons, et mettons-y plus de noblesse et de dignité.
(*Il déchire sa lettre et ouvre un tiroir du secrétaire
comme pour y prendre du papier, et reste stupéfait
à la vue de plusieurs rouleaux. Pendant ce temps,
Emma a recommencé aussi une autre lettre*`.

ALFRED, *surpris.*

Que vois-je?je ne me trompe pas de l'or, de l'or! chez
moi, dans mon secrétaire! par quelle aventure, est-ce que
par hasard j'aurais oublié?.. non, non... ce n'est pas mon
habitude... je n'oublie jamais ces choses là, eh! mais j'y
songe maintenant...c'est clair...

AIR : *Plus qu'un millionnaire.*

Dupré, rempli de zèle,
M'oblige incognito.
La manière est nouvelle ,
Et le trait est fort beau.
Je trouve, en ma détresse,
Quel bonheur inoui !
De la délicatesse
Dans un hôtel garni.

Oui, c'est lui qui a déjà fait escompter mes billets... et
dans la crainte que je n'allasse jouer cet argent, il n'aura
pas voulu m'en parler et l'aura caché... cet imbécile!...
il doit bien savoir que je suis entièrement corrigé(*mettant
des rouleaux dans sa poche*), et si je vais chez cette comtesse russe, ce n'est que dans l'espoir de dire deux mots au
cousin qui peut s'y trouver...Ce que c'est pourtant que d'être
bon mari, d'écrire à sa femme... sans cette attention déli-
cate, je n'aurais pas découvert mes richesses.... Allons....

(*Il se dispose à sortir.*)

SCENE XI.

Les Mêmes, DUPRÉ *accourant.*

DUPRÉ.

Ah! monsieur, je suis désolé! mon demi-maron est parti ce matin pour Londres... mais si vous voulez venir avec moi, il y en a un autre...

ALFRED, *le regardant en riant.*

C'est inutile, mon cher ami.... ce pauvre Dupré... il se donne un mal... quand il était tout simple de me déclarer tout de suite...

DUPRÉ, *surpris.*

Quoi donc, monsieur?

ALFRED.

Je sais tout.

DUPRÉ, *intrigué et regardant la porte.*

Tout.

ALFRED.

Eh oui! j'ai découvert ce que tu avais caché avec tant de soin....

DUPRÉ.

Comment?

ALFRED.

Cette surprise que tu me ménageais... c'est très-bien...

DUPRÉ, *à part.*

Il a vu la jeune dame!.. (*Haut.*) ah! monsieur, croyez que mes intentions...

ALFRED.

Etaient fort bonnes, je n'en doute pas; aussi tu peux être tranquille, mon ami; c'est un dépôt sacré, je n'en abuserai pas... je cours chez la comtesse, c'est à deux pas d'ici...Adieu, ami rare et discret, tu as bien fait de m'avoir de l'or, c'est plus commode.

DUPRÉ.

De l'or!

ALFRED, *sortant.*

Plus tard, nous ferons nos comptes, et tu me diras ce
que je te dois pour la commission. (*il sort.*)

SCENE XII.

DUPRÉ, *seul.*

Ma commission?... j'ai bien fait de lui avoir de l'or...
qu'est-ce que cela signifie? (*il aperçoit les tiroirs du secrétaire qui sont restés ouverts.*) Ah! mon Dieu! les rouleaux de la dame sont partis avec lui... il aura cru que c'é-
tait son argent... (*courant au fond et appelant*) Eh! monsieur! monsieur! il y a erreur...

SCENE XIII.

DUPRÉ, EMMA, *sortant de la chambre.*

EMMA.

Eh bien! qu'y a-t-il donc, mon cher hôte? pourquoi
ce bruit?

DUPRÉ, *à part.*

La voilà? (*haut*) ce n'est rien, madame, ce n'est rien.

EMMA.

J'ai cru que vous disputiez avec quelqu'un.

DUPRÉ, *troublé.*

Du tout, c'est que dans mon état, il faut tenir tête à tant
de monde!.. et quand je suis seul, je m'exerce comme ça,
à parler en public.

EMMA.

Eh? mais, que vois-je? mon secrétaire ouvert!..

DUPRÉ.

Oui... oui, Madame, ne vous effrayez pas... je vais
vous expliquer...

EMMA, *regardant le tiroir*.

Et mon argent qui a disparu...

DUPRÉ.

C'est-à-dire... madame... au premier coup d'œil, ça fait cet effet-là... Mais soyez bien tranquille... c'est un homme distingué, d'une excellente famille... qui vient de l'emporter.

EMMA.

Comment ! les gens distingués de votre hôtel ont de pareilles distractions?.. Allons, il ne manquait à mon voyage qu'une aventure de voleurs...

DUPRÉ.

Madame, c'est un de mes parens.

EMMA.

Je vous en fais mon compliment.

DUPRÉ.

Jeune homme d'une belle, espérance, mais qui a des manies... il sait que j'habite cette appartement... et comme nous sommes très-liés... il vient souvent sans façon... puiser dans ma bourse...

EMMA.

Dites donc dans celle des autres.

DUPRÉ.

Du resté, Madame... je répond de tout... cet hôtel, ma fortune, sont-là pour garantir... ma maison est connue pour la probité.., les mœurs.. jamais rien ne s'y est égaré... la somme vous sera rendue...

EMMA.

Il suffit. Qu'elle soit prête au moment de mon départ...

DUPRÉ.

Vous pouvez-y compter, Madame... (*à part*) pourvu qu'il ne perde pas, comme à son ordinaire.. (*haut*). Madame ne prendra rien ce soir? une tasse de thé, ou bien un bouillon.

EMMA.

Oui... c'est tout ce qu'il me faut. (*Dupré fait une fausse sortie*). Ah! écoutez , M. Dupré... j'ai oublié de vous recommander... une chose bien essentielle pour moi... vous êtes prudent, discret?..

DUPRÉ.

Je m'en flatte. (*à part*) Elle parait embarrassée.

EMMA.

Il se peut qu'un jeune homme...

DUPRÉ.

Un jeune homme.

EMMA.

M. Edouard de Sainval... se présente ici.

DUPRÉ, *l'examinant.*

M. Edouard de Sainval... (*à part*) c'est un amant.

EMMA.

Le hasard peut aussi lui apprendre que je loge chez vous.

DUPRÉ, *à part.*

Oui, c'est toujours le hasard!

EMMA.

S'il vous interrogeait... ne lui dites rien... ou plutôt venez me prévenir sur le champ, j'ai le plus grand intérêt... vous m'entendez?

DUPRÉ.

Parfaitement, Madame. (*à part*) C'est cela... un infidèle que l'on veut surprendre... et alors on est venue seule, et...

EMMA, *le regardant.*

Eh bien !... qu'attendez-vous?

DUPRÉ.

Je croyais que madame avait encore quelques recommandations secrètes à me faire... Je vais chercher le bouillon de madame. (*Il sort*).

SCENE XIV.

EMMA, *seule* .

Cet homme a vraiment un air singulier... Je ne pense

pas qu'Edouard ait pu suivre mes traces... mais enfin avec un pareil caractère, je ne saurais m'environner de trop de précautions... si je le savais près de moi, je crois que j'en mourrais de frayeur. (*Elle s'assied devant le secrétaire*) quelle singulière aventure... un étranger qui se permet de m'emprunter à mon insu... O ciel! qu'ai-je vu? (*Elle lit l'adresse de la lettre qu'Alfred a jetée dans le secrétaire*). Cette lettre, à *Monsieur Edouard de Sainval*; c'est bien pour lui... Que signifie?.. et ce porte-feuille, je le reconnais... mon portrait!.. le portrait que je destinais à Alfred, qu'Edouard avait peint lui-même, et qu'il a eu l'indignité de garder... plus de doute... mon cousin est ici... il habite cet hôtel.. peut-être même est ce-lui qui tout-à-l'heure.. saurait-il que je suis ici... ce Dupré lui-même, à qui je viens de me confier serait-il du complot?... Ah! mon Dieu, quel parti prendre? sans appui, sans protecteur... J'entends quelqu'un sur l'escalier... c'est mon cousin.. il aura été averti. Comment me dérober à ses recherches.. enfermons-nous.. Oh! ces maris... ils ne sont jamais là... et quand il arrive des malheurs.. c'est à nous qu'il s'en prennent. (*Elle entre dans la chambre à coucher*)

SCENE XV.

ALFRED, *seule*
(*Il entre d'un air un peu soucieux, pose son chapeau et sourit en passant la main sur ses poches*)

Allons, quand je me désolerais.. je devrais être fait à ces révolutions subites dans mes finances... Ah!.. la réunion était charmante au surplus.

Aɪʀ: *Fidèle ami de mon enfance.*

Dans ce salon quel coup d'œil admirable
  Aujourd'hui vient de m'être offert !
De tous côtés l'or roulant sur la table,
  Inondait un long tapis vert.
Tant de Midas étaient là par douzaines,
  Qu'un aurait crû voir se répandre encor
  Sur le gazon d'une riante plaine,
  Le Pactole et son sable d'or.

Ce qui me console, c'est que ça n'a pas été long... j'étais
en veine... et puis l'absence du cousin m'a découragé; il
paraît qu'il n'est pas à Paris... et c'est deux mille francs je-
tés par la fenêtre... par exemple... ce qui m'inquiète le plus,
c'est mon hôte... ah! mon Dieu, je crois que le voilà...

SCENE XVI.

ALFRED, DUPRÉ, *portant une casserole d'argent sur
une assiette, et croyant parler à Emma.*

DUPRÉ.

Pardon de vous avoir fait attendre : voilà. (*Il voit Alfred et reste stupéfait.*) Encore... Oh! pour le coup!

ALFRED.

Eh bien! qu'est-ce que tu m'apportes donc là?

DUPRÉ, *troublé.*

Moi, Monsieur, je ne sais pas... c'est-à-dire... c'est le
bouillon que vous m'avez demandé.

ALFRED.

Je t'ai demandé un bouillon?

DUPRÉ.

Dam! j'ai cru entendre... en montant...

ALFRED.

Du tout... Ah ! je vois, c'est encore une attention de ta
part... C'est très-bien... mais j'aurais mieux aimé un verre
de punch... C'est égal, je n'ai rien à te refuser aujour-
d'hui... (*Il prend un bouillon et boit, tandis que Dupré
le regarde d'un air effaré, en tenant l'assiette.*) Ça me
donnera la force de te raconter ma catastrophe.

DUPRÉ.

Comment, Monsieur, vous n'avez donc pas été chez la
comtesse?

ALFRED.

Si fait... malheureusement je n'ai pas pu y rester; on
fait une si triste mine dans un salon, quand on n'a plus
d'argent...

DUPRÉ, *tremblant.*

Quoi! celui que vous aviez pris là...

ALFRED.

Un maudit as de trèfle, qui m'a tout emporté.

DUPRÉ, *laissant tomber l'assiette.*

Juste ciel !...

ALFRED.

Pauvre garçon !.. j'étais sûr que ça te ferait cet effet-là... (*Riant.*) C'est moi qui serai obligé de le consoler !..

DUPRÉ, *à part.*

Impossible.

ALFRED.

Allons, Dupré, de la philosophie; regarde comme je supporte cela, moi... Que veux-tu ? il était écrit que je passerais la nuit chez moi... c'est beaucoup mieux, le calme et le sommeil me feront tout oublier, jusqu'au souvenir de ma femme et du cousin. Bon soir, mon ami, je vais me coucher.

DUPRÉ, *voulant l'arrêter.*

Monsieur, Monsieur, il est de bien bonne heure. (*On entend sonner de la chambre à côté; il tressaille.*) Oh ! il ne manquait plus que cela !

ALFRED.

Qu'est-ce donc?

DUPRÉ.

Rien, Monsieur.

ALFRED.

On a sonné dans ma chambre...

DUPRÉ.

Cela ne se peut pas, Monsieur.

ALFRED *le prenant par le bras.*

Oh ! pour le coup, ce n'est pas un rêve... écoute, il y a quelqu'un dans ma chambre. (*Il va pour entrer.*)

DUPRÉ, *le retenant.*

Monsieur, Monsieur, je vous supplie, n'entrez pas; je vais tout vous dire.

ALFRED.

Il y a donc quelqu'un?

DUPRÉ, *d'un air agréable.*

Oui, Monsieur, ne vous fâchez pas... Comme d'ordinaire votre appartement est vacant la nuit, j'ai cru pou-
voir...

ALFRED.

Comment drôle! une chambre que je paie aussi cher!
Et quel est l'insolent?..

DUPRÉ.

Monsieur... Monsieur, je vous en conjure, c'est une
femme... soyons polis, ça ne coûte rien... et puis nous
sommes chevaliers français, c'est une femme.

ALFRED.

Une femme chez moi!.. est-elle jeune.... jolie?

DUPRÉ.

Du tout, monsieur... du tout... je ne vous conseille pas
de chercher à la voir, dans votre intérêt.

ALFRED.

N'importe, une femme mérite toujours des égards...
je vais lui dire que je lui abandonne volontiers cet appartement.

DUPRÉ, *à genoux.*

Ah! monsieur... je tombe à vos pieds!

ALFRED.

Qu'est-ce que cela signifie?

DUPRÉ.

Accablez-moi... je le mérite, la vérité est que je vous
ai menti.

ALFRED, *le faisant lever.*

Ah! monsieur Dupré! je me lasse à la fin de tous vos
sots discours, parlez vîte, quelle cette personne?

DUPRÉ.

Une jeune dame dont j'ignore le nom... mais qui a les
meilleurs répondans... une berline... des domestiques... un
cachemire... figure céleste, et qui, à ce qu'il paraît, est à
la poursuite d'un M. Edouard de Sainval.

ALFRED.

Edouard de Sainval!... (*à part*) le cousin!

DUPRÉ.

Eh ! mais, vous voilà tout ému !

ALFRED.

C'est qu'effectivement... cette rencontre... si tu savais, mon ami, combien je suis enchanté (*à part*), j'étouffe de fureur... oh ! si je pouvais... (*haut*) Et elle a demandé Edouard de Sainval...

DUPRÉ.

Oui, monsieur. Vous sentez d'après cela qu'elle n'est visible que pour lui, et il y aurait de l'indiscrétion...

ALFRED.

Ah ! juge de mon bonheur, mon ami, cet Edouard de Sainval que l'on attend, que l'on désire, c'est moi-même.

DUPRÉ, *étonné*.

Vous, monsieur... ah ! ça, vous avez donc des noms de rechange pour les occasions...

ALFRED.

Du tout, Edouard est mon véritable nom : j'avais pris l'autre pour dérouter les soupçons... parce que la famille m'en veut beaucoup... tu conçois... un amour contrarié... un hymen secret. Cette pauvre petite femme, elle va être d'une joie... (*le prenant par la main*). Ah ! ça, mon cher ami, tu vas me faire le plaisir de t'en aller.

DUPRÉ.

Quoi, monsieur, vous laisser...

ALFRED.

Avec ma femme... le grand mal...

DUPRÉ.

Oui, mais je ne suis pas sûr...

ALFRED, *le mettant à la porte*.

Ah ! écoute donc... je suis le maître chez moi... Le mois est payé d'avance... je ne serais pas fâché de me trouver un peu dans mon ménage.

DUPRÉ, *entraîné*.

Mais, monsieur... (*à part*) Je tremble d'avoir fait une nouvelle sottise... Allons vite consulter...

ALFRED, *lui fermant la porte au nez.*

Allons donc , quand on t'en prie poliment.
(*Il pousse le verrou.*)

SCENE XVII.

ALFRED , *seul.*

A merveille; me voici maître du terrain. La perfide...
elle est là... près de moi... elle attend Sainval... Si je
pouvais la confondre... (*Il souffle sa lumière.*) Le cœur
me bat... et je crois vraiment que tout mon ancien amour
pour elle est revenu; ah! les rechûtes sont terribles...

SCENE XVIII.

ALFRED, EMMA; *elle ouvre la fenêtre, elle éteint
sa lumière. (Nuit complète.)*

EMMA.

Je ne me suis pas trompée.. c'est mon mari... qui se
fait passer pour mon cousin... mais je vais lui apprendre
à faire des épreuves. (*Elle ouvre la porte*).

ALFRED, *à part.*

On ouvre la porte... c'est elle.

EMMA.

Je tremble...

ALFRED , *à part.*

Si je pouvais sous le nom du cousin obtenir des preuves
de sa trahison; ce serait une bien bonne vengeance.

(*Il s'avance.*)

DUO.

AIR : *Fragment du Valet de Chambre.*

EMMA.

Est-ce bien lui? mon cœur palpite
. D'espoir , de tendresse et d'effroi.

ALFRED.

D'amour, hélas ! son cœur s'agite,
Et c'est pour un autre que moi...
Allons, soyons maître de moi...

EMMA, *à part.*

C'est mon époux... Oui c'est lui-même,
Sa voix a fait battre mon cœur.
Je suis près de celui que j'aime,
Je sens s'éloigner ma frayeur.

ALFRED, *à part.*

Ah ! près d'elle, quel trouble extrême !
Est-ce d'amour ou de fureur ?
Oui, je sens encor que je l'aime
Mais je dois venger mon honneur.

EMMA, *à part.*

Du courage... (*haut*) Est-ce vous, mon ami?

ALFRED, *à part.*

Mon ami... et c'est au cousin qu'elle parle! Contenons-
nous. (*à demi - voix*) Oui , oui , c'est moi... j'étais
impatient de vous revoir.

EMMA.

Est-il bien vrai? je n'ose plus vous croire... après votre
conduite, après votre abandon.

ALFRED, *à part.*

Est-ce que le cousin serait déjà infidèle... Il paraît que
je vais en apprendre de belles.

EMMA.

Enfin, monsieur... puisque vous revenez, vous vous re-
pentez donc?

ALFRED.

Si je me repens?... Ah ! oui, je me repens...(*à part*)
Je ne sais pas de quoi... mais c'est égal !

EMMA.

A la bonne heure... mais moi je ne vous pardonnerai
pas si facilement... Je suis furieuse contre vous... (*soupirant.*) et vous savez si j'en ai sujet.

ALFRED, *à part.*

Ah! mon Dieu... quel soupir... maudit cousin... n'importe... il faut me convaincre... dussé-je me rendre bien
malheureux.

Air *de Blanchard.*

Combien ce courroux me chagrine !
Auprès de moi daigner rester
Et m'écouter.
Daignez encor belle cousine,
M'accorder ici mon pardon.

EMMA, *à part.*
Que dit-il donc ?

ALFRED.
Ah ! que cette main si belle
Presse la mienne aujourd'hui !

(*A part et furieux.*)
Elle obéit !.. l'infidelle !....
Quel plaisir j'aurais près d'elle
Si je n'étais pas son mari !   (3 *fois.*)

ENSEMBLE.
EMMA, *à part.*
Fort heureusement il est mon mari !

Même air, mouvement plus vif.

ALFRED.
Puisqu'il est vrai que je t'adore...
EMMA, *s'éloignant.*
Quel transports, vous me faites peur !
ALFRED.
Point de frayeur !
Qu'un baiser soit le gage encore
De ton amour, de mon bonheur.
EMMA, *riant.*
Dieux, quelle ardeur !

ALFRED.

Pouvez-vous être cruelle,
Si de vous je suis chéri ?...

(*Emma lui abandonne sa main qu'il baise avec colère.*)

Elle cède.... l'infidelle !....
Quel plaisir j'aurais près d'elle,
Si je n'étais pas son mari ! (3 *fois*)

ENSEMBLE.

EMMA, *à part.*

Fort heureusement il est mon mari.

ALFRED.

Grâce au ciel, je vois que vous n'avez jamais aimé que moi... et que votre mari a eu tort de se persuader..

EMMA.

Oh ! oui... il a eu grand tort... il a été bien trompé.

ALFRED, *à part.*

Il n'y a plus moyen d'en douter, quand votre femme elle-même vous le dit.

EMMA.

S'il avait eu plus de confiance en moi, je lui aurais tout dit, oui tout, jusqu'à mes sentimens pour vous, avec autant de franchise que je vous les écrivais... tout à l'heure dans cette lettre.

ALFRFED, *vivement.*

Une lettre ! ah ! donnez-la moi...

EMMA.

Non, non, maintenant... c'est inutile...

ALFRED , *la saisissant.*

Si fait... je veux avoir la preuve.... (*changeant de voix*) que vous êtes la plus coupable des femmes.

DUPRÉ, *en dehors.*

Monsieur, monsieur, ouvrez, au nom des mœurs.

ALFRED, *courant ouvrir la porte.*

Justement, voici des témoins.

L'Appartement garni.   3

SCENE XIX.

Les Mêmes, DUPRÉ et BERNARD *avec des lumières*

DUPRÉ.

Monsieur, monsieur, nous savons enfin la vérité.

ALFRED.

Et moi aussi...

BERNARD.

Que vois je ? M. Alfred de Murville !

DUPRÉ.

Ce n'est déjà plus M. Edouard.

EMMA, *feignant la surprise.*

Juste ciel ! mon mari !

·DUPRÉ.

Son mari.

ALFRED.

Lui-même... et grâce au ciel, je tiens en mes mains les preuves de la trahison... (*à Emma*) Oui, Madame, cette lettre que vous avez cru remettre à Edouard suffira je pense, pour vous confondre. (*regardant la lettre*) Que vois-je ! (*il lit*) « *à M. Alfred de Murville...*» (*étonné*) Comment ! c'était à moi...

EMMA.

Lisez, Monsieur, lisez haut; je tiens infiniment à être confondue!.

ALFRED, *lisant rapidement.*

Que vois-je? ô ciel! ce portrait que j'ai surpris...

EMMA.

C'était à vous qu'il était destiné; Edouard s'était chargé de le peindre en secret; ce n'est que depuis votre départ que j'ai appris son indigne conduite et le vol qu'il m'avait fait.

ALFRED.

AIR *de Céline.*

Ce portrait?... que viens-je d'entendre,
C'est un rival qui l'a tracé !

Mais enfin ce regard si tendre
Au peintre semblait adressé.
Pourquoi... répondez moi sans feindre,
Cet air d'amour, ces yeux si doux ?

EMMA.

Pardon... c'est qu'en me faisant peindre...
Monsieur je ne pensais qu'à vous.

Eh bien ! cela méritait-il votre colère et surtout l'indigne épreuve que vous venez de faire.

ALFRED.

Quoi ! vous aviez deviné... malgré l'obscurité.

EMMA, *souriant.*

Puisque j'ai dit... je vous aime... vous voyez-bien que je vous avais reconnu.

DUPRÉ.

Ouf ! me voilà bien soulagé, au moins l'argent perdu par Monsieur, rentre tout naturellement dans la communauté.

EMMA.

Mon ami, plus de soupçons, plus de jalousie.

ALFRED, *lui baisant la main.*

Ah ! je vous le jure ! la plus grande confiance... vous n'aviez que ce cousin-là, n'est-ce pas ?

EMMA.

Non, mon ami...

DUPRÉ.

Ah ! monsieur, quel bon ménage vous allez faire !

VAUDEVILLE.

AIR : *Vaudeville de la petite Sœur.*

ALFRED.

Trompé par un soupçon jaloux,
A l'amour je fermais mon âme,
Et je voulais, dans mon courroux,
Vivre toujours loin de ma femme.

Ah ! combien je bénis, ce soir,
Le sort heureux qui répare ma faute....
Nous ne comptions plus nous revoir,
(Montrant Dupré) Nous avions compté sans notre hôte.

DUPRÉ.

Pour narguer ses collatéraux,
Monsieur Richard, millionnaire,
Voulant prolonger sa carrière
Et prévenir les moindres maux,
Prend son docteur pour locataire.
Mais à force de soins prudens,
Le pas fatal, en trois jours il le saute !...
Il comptait vivre encor trente ans,
Il avait compté sans son hôte.

EMMA, *au public.*

Le public est un voyageur ;
Nous désirons tous l'avantage
De le loger à son passage ;
Et quand il sort, de sa faveur
Nous espérons avoir un gage.
Mais, hélas! cet espoir flatteur,
Un murmure souvent nous l'ôte....
De grâce, prouvez à l'auteur
Qu'il n'a pas compté sans son hôte.

FIN.

www.ingramcontent.com/pod-product-compliance
Ingram Content Group UK Ltd.
Pitfield, Milton Keynes, MK11 3LW, UK
UKHW021652090726
13657UKWH00004B/1922